AF493073

Pernille Meldgaard Pedersen

Ham Med skægget

PMPstories

Design: Pernille Meldgaard Pedersen
Korrektur: Susanne Jespersen og Pernille Meldgaard Pedersen

© 2018 Pernille Meldgaard Pedersen
PMPstories
www.PernilleMeldgaardPedersen.blogspot.com

1. udgave 2018

ISBN: 978-87-970862-4-7

*Til Susanne, min mor.
Tusind tak for al din kærlighed.
Og tak, fordi du skaber et rum,
hvor jeg har lov til at drømme.*

Jeg kastede lidt glitter her og lidt gran der, og med den skingreste stemme og det største smil på læben sang jeg, så hele huset rystede: "Nuuuu er det jul igen, og nuuuu er det juuuul igen, og julen vareeeer lige til pååååske!".

Pølse, vores tykke lille gravhund, hylede med i kor. Vi elsker julen herhjemme. Og ikke bare sådan elsker – nej, vi ÆLSKER julen!

Julen er den bedste tid på året, hvor lysene bryder mørket, hvor folk er lidt sødere, og hvor duften af klementiner og brunkager hører sig til. Du hører aldrig nogen sige nej til alle julegodterne. Det er faktisk mere kutyme at spise disse i kilomål, imens vi alle snakker om, at det hurtigt nok skal blive januar igen.

Jeg hoppede som en kænguru i sofaen for at få sat den ene ende af julegranguirlanden fast, men det var ikke en ret effektiv måde, fordi man ikke både kan hoppe og stå stille i luften på samme tid. Til gengæld var det rigtig sjovt, og mor-uartigt.

Jeg stoppede min hoppen, da jeg til alt mit held hørte låsen i hoveddøren, og ind kom mine to måbende hjælpere.

Måske jeg gik lidt grassat med glitteren?

HA! Man kan aldrig have for meget glitter!

"I er hjemme!" skrålede jeg og faldt begejstret min elskede familie om halsen – måske jeg også allerede var en anelse høj af marcipan, gløgg og JUL. Min niårige datter Mille så mig komme og bakkede komisk, til hun nåede væggen. Jeg maste hende i et kram.

"Ikke sweateren," møflede hun med flakkende arme og den ene kind helt mast imod min.

Forvirret af hendes protest så jeg ned på min bedste og mest julede sweater med selveste Julemanden i sin kane, der bliver trukket af hans rensdyr. Rudolfs næse lyste stadig op. Intet mærkeligt at bemærke.

Kalle, min mand, kyssede mig på panden med et fornøjet smil. "I fuld gang allerede, hvad?".

"Jeps! Og jeg har brug for en stærk og høøøøj mand til at hænge ting i loftet og en stærk og kulinarisk julepige til at hjælpe mig med at bage ude i køkkenet". Tre puf med albuen og blink med øjet fik Kalle i gang. Mille lagde armene over kors.

"Jeg gider ikke være med". Mit hjerte stoppede næsten.

"Hvad mener du?! Det er jul! Selvfølgelig skal du være med til at pynte op! Jeg har købt ind til alle dine yndlingskager! Kransekager, pebernødder, klejner! Jeg har også fundet din pose frem, så Julemanden ved, hvor han skal lægge dine gaver".

"Julemanden? Sig mig engang, hvor dum tror du, jeg er? Julemanden er bare noget, du har fundet på. Jeg ved da godt, at det er far, der lægger gaver i posen, og at det er Preben inde ved siden af, som kommer forbi som Julemand hver juleaften". Nu stoppede mit hjerte virkelig.

"Julemanden er skam rigtig nok. Han lægger gaver i poserne, når vi alle sover. Det ved du da". Hun rullede sine øjne i stor stil.

"Det er rigtigt!" protesterede jeg.

"Som om! Vil du virkelig have, jeg skal tro på, at der findes en fyr, som har levet i tusindvis af år og tilfældigvis kender alle børns ønsker?".

"Hvorfor er det mærkeligt?" spurgte jeg forvirret, "vi har jo skrevet det til ham i et brev, og ...".

"Og sendt det til Grønland," færdiggjorde hun min sætning med en vis hån og armene over kors. "Men hvorfor er der så ikke nogen, som har fundet hans hus?".

"Det er jo meningen, det skal være hemmeligt. Og så er Grønland en stor ø ...". Hendes ene fod begyndte at trippe.

"Og hvad så med legetøjet? Hvorfor skulle han lave kopier af ting, man kan købe?".

"Det er jo det, du ønsker dig?". Hvorfor er hun så mistroisk?

"Og så hjælper nisserne ham vel?". Jeg trak på skulderen. Det går jeg ud fra.

"Rensdyr kan ikke flyve," fortsatte hun. Nu er hun ved at gå over stregen.

"Julemandens kan".

"Og hvor finder han dem?".

"Det ved jeg ikke ...".

"Nej, for de findes ikke. Og ting, der ikke findes, kan man ikke vide svarene på".

"Du kan da bare spørge Julemanden, når han kommer. Han ved, hvor han har fundet dem".

"Ej, mor, stop! Vil du virkelig have, jeg skal tro på det der?".

"Men det er jo sandheden!".

"Fint, så siger vi, at han *findes*". Jeg så overrasket på, at hun med fingrene lavede gåseøjne omkring findes. Jeg ved, der er en første gang for alting, men hvem har lært hende det? "Men så forklar mig det her," fortsatte Mille, "hvordan skulle en enkelt mand nå rundt til alle børn på en enkelt nat?". Den måtte jeg tænke lidt over.

"Øh, altså … jo, det er ikke alle, som holder jul … og nogle holder juleaften på andre datoer …".

"Det er stadig flere millioner børn på en enkelt nat!" skreg hun, så det gav et sæt i mig. Jeg havde aldrig set hende være så meget oppe at køre. "Mor, lad være med at lyve. Julemanden eksisterer ikke!". Hun løb trampende op ad trappen til sit værelse.

"Mille! Er du okay?" kaldte jeg efter hende. Der lød et rabalder, da hun smækkede sin værelsesdør. Bekymret tog jeg det første skridt for at gå op til hende, men Kalle lagde en hånd på min arm.

"Lad hende hellere være".

"Men der må være sket noget i skolen – hun glædede sig sådan i morges til, at vi skulle pynte op".

"Hun er sikkert bare træt," beroligede Kalle mig og prøvede at distrahere mig ved at være distraherende charmende, da han fandt sin gamle nissehue frem fra julekassen og tog den på. På sofaen ved siden af lå vores tre juleposer. Kalle tog sin. "Nå, men så vil jeg lige hænge den her op på sin plads ude ved loftslemmen. Den kære Julemand skulle jo nødigt slæbe de store, tunge gaver til mig alt for langt," blinkede han. Han smilte, da han endelig fik klemt et smil ud af mig. Han gik fløjtende ud i køkkenet og hængte juleposen på sin nøje udregnede, strategiske plads. Da jeg blev alene, kiggede jeg op ad trappen med en underlig fornemmelse i maven.

Ham med Skægget

Men måske Kalle havde ret.
Hun var sikkert bare træt.

Det er den sidste weekend før juleaften, og selvom de fleste folk nok vil forbinde det med julestress og utallige ting at nå, så bruger jeg i stedet tiden på at nyde smilene og glæden, som mit arbejde får frem. Fire uger om året er jeg nemlig forflyttet fra at være kontormus på Vesterby indkøbscenterets kontor til at være Julemandens hjælper i centerets besøgshytte. Verdens bedste arbejde gange 100.

"Glædelig jul!" sang jeg og vinkede i bedste begejstring til femårige Emma, der blev trukket afsted i armen af en utålmodig storesøster, der ikke gad at vente mere på, at hun lige skulle give flere tænksomme detaljer til den nissekjole, hun ønskede sig. Jeg smilte glad af den brøkdel, jeg havde hørt. Rød med hvide blonder og et hemmeligt rum i kjolen til nissegodter. Jeg er sikker på, at hun nok skal få sit ønske opfyldt. Hun var en rigtig sød pige.

"Åh, se! Det er Julemanden!" udbrød en velkendt stemme i forbifarten blandt de mange travle handlende. En mor til en af Milles veninder stoppede op ved det hvide plankeværk, der omhegnede Julemandens område. Lige bagefter kom hendes egen datter, Olivia, og min Mille, der var med ude på julegaveindkøb. Jeg vinkede begejstret til dem.

"Det er ikke Julemanden," svarede Mille i samme surmulende tone, som hun havde brugt de sidste tre uger, når det handlede om jul. "Det er bare en mand – og så min mor".

Energien, der havde holdt mig oppe få sekunder før, fløj ud af mig så hurtigt, at selv min nissehue, som jeg ellers havde taget på for hyggens skyld, mistede sin form.

Det er, som om denne december måned er gået fuldstændig skævt. Normalt plejer Mille at tigge mig om at få lov til at komme med på arbejde. Så plejede hun at stå der, helt stolt og med store, spændte øjne foran Julemandens dør ude i garderoben og ventede i spænding på, at han skulle komme ud. Og når hun så ene og alene fik lov til at få æren af at holde ham i hånden hele vejen ned til hans plads i Julemandens hytte midt i centeret, lyste hendes øjne på en måde, som ikke engang jeg kan få dem til.

Mit job som Julemandens hjælper plejer at være det sejeste! Men så sent som i sidste uge havde Mille og jeg et skænderi, hvor hun beskyldte mig for at være med til at holde verdens børn for nar.

Og jo, måske er der noget sandt i det. Trods alt er Claes ikke den rigtige Julemand. Den rigtige Julemand har selvfølgelig ikke tid til at stå i indkøbscentrene i december måned, men det betyder ikke, at han ikke findes.

"Skal I ikke også hen og hilse på Julemanden?" spurgte Olivias mor.

"Helt ærligt mor, vi er ikke pattebørn," svarede Olivia og rullede med øjnene på en frygtelig velkendt måde, før hun greb Milles hånd og trak hende afsted over mod en stand med smykker.

Pludselig gik det op for mig, hvor Mille måtte have fået sit meningsskift fra. Sådan noget kommer ikke bare lige af sig selv.

Hmm. Er jeg en meget ond mor, hvis jeg forbyder hende at lege med Olivia? Hun præger hende jo tydeligvis på en meget negativ måde!

Olivias mor trak lidt på skulderen til mig, ikke synderligt knust over sin datters kommentar. Jeg var chokeret! Der er jo ikke noget at sige til, at datteren er sådan, når moderen er magen til.

Før jeg forbyder Mille at lege med Olivia, vil jeg forbyde mig selv at tilbringe tid sammen med Olivias mor. Det her komplot må ikke få lov til at slå rødder.

"De bliver så hurtigt store," fortsatte hun med et lille sørgmodigt suk. Jeg nikkede forvirret. Jeg kunne kun give hende ret – selvom jeg ikke helt forstod, hvorfor det var relevant for situationen.

Min opmærksomhed blev fanget, da en lille pige begyndte at skrige og græde, imens hun strittede imod med arme og ben over at blive sat på Julemandens skød. Olivias mor løftede hånden i farvel og var hurtigt videre. Claes, vores Julemand, havde mange års erfaring og lo hjerteligt, til både datter og far var faldet til ro igen. Men den lille ekstra tid, det tog, fik andre børn i køen til at vride sig i kedsomhed. Der gik ikke længe, før jeg hørte den første, som pligtfuldt holdt sin mor i hånden, spørge, om de ikke snart skulle hjem.

Fra den anden side af vores lille indhegnede område, delte jeg et blik med min kollega Puk. Hun forstod hurtigt, at vi måtte gøre noget. Vi mødtes i midten, øvet på enhver situation der måtte opstå.

"Klar?" spurgte hun. Vi greb hinandens hænder.

"Klar!" meddelte jeg, og sammen begyndte vi at synge julesange om Julemanden, og om de drillerier en nisse skal nå at gøre, imens vi dansede og hoppede på stedet. Vores publikum hang ikke mere, men klappede, lo og sang begejstret med.

"Bare det altså snart var jul!" afsluttede vi sangen, begge forpustede.

"Tak, tak, tak, tak," sang jeg, imens vi bukkede i alle retninger til et stort bifald.

Uanset, hvor jeg så hen, var der store smil på alle ansigter.

Ud ad øjenkrogen så jeg Claes kalde Puk hen til sig. Jeg tænkte ikke mere over det, indtil Puk råbende meddelte ud i centeret: "Julemanden holder en lille pause, men han kommer straks tilbage!".

Der lød suk og sure miner fra utålmodige børn, som igen spurgte forældrene, om de kunne gå. Nogle gik, imens andre hårdnakket sagde, at de blev, til han kom tilbage. Jeg måtte trække på skulderen til dem, som spurgte, hvilket klokkeslæt han ville komme tilbage. Jeg vidste det ikke. Vi plejer ikke at holde pause midt i det hele. Forvirret gik jeg over til Puk, som så helt lettet ud, da jeg kom.

"Hvad sker der?" spurgte jeg.

"Julemanden har fået det dårligt. Du er nødt til at hjælpe mig. Han kan ikke selv stå". Claes protesterede.

"Vissevasse. Selvfølgelig kan jeg det". Han kæmpede spjættende lidt med arme og ben, så det så mere besværligt ud, end det burde være, men han kom selv på benene. Men jeg så stadig godt, hvordan hans fødder havde svært ved at slæbe sig hen over gulvet.

Da vi kom uden for hegnet, stoppede en ung handicappet mand os. Han sad i kørestol og havde ikke nogen mulighed for at komme ind i Julemandens lille afspærrede område på grund af trapper. Han bad med store runde øjne, om Julemanden ikke nok ville blive, fordi han gerne ville tale med ham. Claes smilte og klappede ham venligt på skulderen.

"Jeg kommer tilbage, min ven. Jeg må lige se til mine rensdyr. Man er nødt til at holde dem i ørerne, ellers laver de bare sådan en farlig ballade". Den unge mand grinte og fortalte om de frække rensdyr til sin mor, som stod ved siden af. Jeg nåede lige at høre begyndelsen af en fantastisk fortælling, da

Claes snublede over sine egne ben. Puk og jeg greb ud efter hver vores arm. Denne gang protesterede han ikke, da vi ville støtte ham.

Der er noget sørgeligt over at se Julemanden afklædt for sit hvide skæg og røde frakke og helt sunket sammen. Puk viftede i jævn fart med et magasin foran Claes, som hang med ansigtet nede i en spand. Jeg stod ved siden af og tilbød ham våde, kolde klude og koldt vand, som han svageligt tog imod.

Nu, hvor jeg kunne se, hvor skidt han virkelig havde det, kunne jeg ikke lade være med at have andet end stor beundring for, hvordan han i stor stil havde formået at være Julemanden hele vejen tilbage gennem centeret til personalerummet. Leende, venlig og vinkende havde han undskyldt over for dem, som uroligt havde sagt, at han ikke måtte gå endnu, uden at lade dem mærke, hvor dårligt han virkelig havde det.

”Aflyse midt i det hele!” brokkede vores chef Jens sig. Han for rundt i det lille lokale som en tornado og skældte til højre og venstre. Jeg tror, vi alle prøvede ikke at tage det personligt. Han var som regel mere luft end egentlig styrke.

”Jeg har aldrig oplevet noget lignende! En rigtig mand er ikke syg!”.

Claes satte det sidste punktum ved at brække sig. Jens skar ansigt og prøvede telefonen igen. Jeg duppede Claes´ pande med kluden. Han takkede træt.

”Ole!” råbte Jens i telefonen, da han endelig fik fat på en. ”Sæt et *Aflyst* skilt op nede ved Julemandens hytte. Claes har lige brækket sig ud over det hele”.

Puks ansigt udtrykte det samme, som jeg følte. Panik. Der var ingen tvivl om, at Claes slet ikke var fit til mere i dag, men vi kunne ikke skuffe dem, som ventede. Der måtte da være et alternativ.

Jeg fik pludselig en ide.

"Vi har et Julemor-kostume liggende. Måske kunne Puk eller jeg ...".

"Der er ingen, der gider at møde Julemandens kone," afbrød Jens hurtigt, "så hellere en brækkende Julemand. Det får i det mindste Facebook-tid, hvis han brækker sig på et af børnene". Han tav pludselig og lod et tænksomt blik, som, jeg var sikker på, jeg ikke kunne lide, løbe op og ned af Puk og mig. "Men hvis vi havde en sexet nisse, ville det være noget andet". Gisp.

"Ha!" fnøs Puk. "Det kommer kun til at ske i dine drømme!".

Jens rødmede. Claes og jeg samtykkede i protest.

"Hvad med Dennis?" foreslog jeg. "Han kunne være Julemand".

Jens rystede forarget på hovedet.

"Han er grønlænder!". Jeg forstod ikke hvad problemet var. Han burde være den perfekte kandidat, siden Julemanden kom fra Grønland.

"Hvad med Ole?" foreslog Puk.

"For gammel!" svarede Jens.

"Hvad så med William?" foreslog jeg i stedet for. William var perfekt. Han var rigtig hjælpsom og altid rigtig sød!

"William?! Nej, han er kun en bette knægt". *Okay, så tænker jeg da bare videre.*

"Hvad med Abdul?" Han var flink og hverken for gammel eller ung. Han var perfekt!

Jens så uimponeret på mig. "Han er muslim". *Åh.*

"Kan de ikke lide Julemanden?" spurgte jeg forvirret. Jens krydsede øjne af mig.

Ham med Skægget

"Hvad nu, hvis Stella klædte sig ud som Julemand?" foreslog Claes. Jeg hørte ordene, der kom ud af hans mund, men der gik hvad føltes som rigtig lang tid, før jeg forstod, hvad han havde sagt. Jeg stoppede med at trække vejret. Øjnene var lige ved at poppe ud af hovedet på Jens.

"Nej! Det var sgu da den latterligste tanke, jeg nogensinde har hørt". Jeg var faktisk en smule lettet for at være ærlig. Men Puk, den aktive feminist, fortsatte fornærmet: "Hvorfor ikke?! Er det bare, fordi hun er en kvinde eller hvad?! En kvinde bør sagtens kunne være Julemand".

"Ju-le-MAND. Jeg gentager - det ligger ligesom i ordet MAND".

"Mand og menneske hedder det samme på latin. Kvinder er mennesker!".

"Nej!" protesterede Jens kraftigt med store armbevægelser. "Fanden gale mig, nej! Hold jeres ækle feminist fingre væk fra Julemanden. Det er mere end rigeligt, at I fik indført salat på tallerkenen. Fejr den sejr lidt".

Der lød et skrig fra Puk, som startede en diskussion med Jens – selvom det nok ville være mere præcist at kalde det en krig – om, hvad en Julemand er, kan og må være.

Jeg følte mig mere og mere fortvivlet, for vi kom ikke tættere på nogen løsning, der kunne forhindre en aflysning.

Claes tog min hånd. Han virkede så svag og træt, at jeg ikke kunne lade være med at få medlidenhed med ham.

"Jeg kunne ikke forestille mig nogen bedre Julemand end dig, Stella". Mit hjerte sprang op i halsen.

"Mig?!" knækkede min stemme.

"Ja, min kære. Tag dragten på. Der er brug for dig". Snak slet ikke om det pres, han lagde på mine skuldre. Nej, det kan jeg ikke. Han ved slet ikke, hvad han spørger om!

Claes så protesten på mine læber og fortsatte ufortrødent: "Du må ikke svigte dem nu. De har ventet så længe og har så mange ting at fortælle. Det er vigtigt, at Julemanden er der og lytter til dem".

"Men de kan fortælle det til dig, næste gang du er der," mindede jeg ham om. Men mest var det for at forsikre mig selv, så jeg ikke skulle få dårlig samvittighed. Julemanden vil altid være der.

"Men hvad nu, hvis de mister modet?" spurgte han trist. Tanken om, at nogle børn havde behov for at dele ting, som ingen andre end Julemanden ville kunne forstå, slog helt vejret ud af mig.

Jeg bed mig usikkert i læben.

"Men hvad nu, hvis de ser, at jeg ikke er en mand? Så ødelægger jeg julen for dem for evigt". Han klemte min hånd.

"Bare smil, lyt og vær åben. Mere kan man ikke forlange fra Julemanden. Børnene skal nok klare resten selv". Det tvivlede jeg stærkt på, men tankerne for stadig hurtigt rundt i hovedet på mig – *skal, skal ikke. Tør, tør ikke.*

Julemanden er noget af det vigtigste i hele verden.

Men han kan jo ikke være alle steder på én gang. Nogen er nødt til at være der hvor menneskene er, når han ikke kan.

Men hvad med Mille? Og hendes veninde Olivia og de mange andre børn, som af en eller anden grund hver dag tror mindre og mindre på Julemanden? Hun vil jo kun få mere ret i, at jeg narrer alle børn ved at tage dragten på.

Jeg kan ikke være Julemanden. Det ville være så dumt, hvis jeg var.

Men Claes´ ord gav genklang i mit hoved – *de har så mange ting at fortælle, men måske ikke nogen at fortælle dem til.*

Jeg havde rigtigt svært ved at tro mig selv, da jeg nikkede

okay til Claes. Min beslutning blev taget af frygt for konsekvenserne for de børn. En kvindelig Julemand er bedre end ingen Julemand. Det er jeg sikker på, at *han* vil forstå. Claes smilte stolt.

Presset var tungt på mine skuldre, da jeg greb den røde jakke og mavepolstringen og øvede mig på mine dybe toner og glade ho-ho-ho.

Jeg var lige ved at skide grønne grise, da jeg nærmede mig området med Julemandens hytte. Køen var blevet mindre, siden vi gik, men der var stadig mange børn.

Da de så, jeg var på vej, lød der spændt hvisken og pegen. Jeg fik koldsved på panden, da jeg hilste dem med et ho-ho-ho. Det lød så falsk og hult. *De opdager, at jeg er en svindler!*

Jens brød sig ikke om at være nedstemt, men han var gået med som støtte. Hvis der blev problemer, var jeg ikke i tvivl om, at han nok skulle ringe på sin telefon til nogen, som kunne komme og hjælpe.

Da jeg havde fundet mig til rette i min stol, nikkede jeg til Puk som signal til, at hun kunne lukke det første barn ind. En mor kom bærende ind med sin étårige datter og satte hende på mit skød. Hun ville have et billede af sin datter med Julemanden. Det var nemt.

De næste var et par fireårige tvillingedrenge, som begge ville føre ordet. De ønskede sig racerbiler, som er hurtigere end Julemandens kane, og viste med hænderne og lavede lyde med munden for at være sikre på, at jeg forstod. Jeg lo og mindede dem om, at hvis de var artige, så ville Julemanden komme og besøge dem. På vej væk skændtes de om, hvis bil der ville være hurtigst. Det endte med slåskamp. Deres mor så udkørt på dem og skilte dem fra hinanden. Jeg hørte hende minde dem om, at de skulle være artige, ellers ville Julemanden ikke komme med gaver til dem. De så skrækslagne tilbage på mig. Kærligt løftede jeg en huskende pegefinger. De nikkede begge og tog pludselig velopdragne deres mor i hånden. Hun smed et taknemmeligt smil over skulderen til mig.

Puk lukkede porten op for den næste som ventede. Det var en dreng på omkring 10 år, som øjensynligt stod alene uden forældre. Hans øjne flakkede kort op fra gulvet og ned igen, da de mødte mine. Jeg vinkede ham hen til mig.

"Kom hid, min ven". Tøvende satte han i gang, men stoppede, så der stadig var en arms længde imellem os. Jeg satte mig ud på kanten af stolen, så jeg bedre kunne høre ham.

"Hvad hedder du, min ven?". Han pillede nervøs ved en af knapperne på sin frakke og mumlede sit navn. Gustav.

"Har du været en sød dreng i år, Gustav?". Han trak på skulderen. Jeg var i tvivl om, hvad jeg skulle sige. Var det falsk beskedenhed, eller var han måske en bølle, som ville have tilgivelse af Julemanden? Hvad var proceduren mon?

Se, det her er grunden til, at jeg ikke kan være Julemand. Jeg ved ikke, hvad jeg laver!

Jeg tog en dyb indånding og besluttede mig for ikke at panikke endnu. Det virkede mere oplagt, at han måske bare var genert. Jeg fik en ide.

"Vil du have et bolsje? Jeg har dem her i min sæ...". Han hev i mit skæg. Jeg gentager: Han hev i mit skæg!

Mine øjne var lige så store og chokerede som hans over, at skægget blev siddende. Jeg takkede alle heldige stjerner (og Puk!) for, at skægget var bundet godt fast.

Puk og Jens fulgte med tabte kæber med på sidelinjen.

"Av!" improviserede jeg hurtigt. Gustav, som havde været helt stiv af overraskelse, blev vældig forskrækket og brød med det samme ud i gråd.

"Undskyld, Julemand!" hulkede han, så alle vendte sig om for at se, hvad Julemanden gjorde ved ham. Jeg begyndte at svede igen. "Jeg ville ikke være uartig, men jeg vidste ikke, om du var rigtig, og jeg har brug for, at du er rigtig, for ellers så ved jeg ikke, hvad jeg skal gøre". Han græd så meget, at hans skuldre bevægede sig op og ned. Min puls kørte stadig på chok-fart, men da jeg så de store tårer trille ned over hans røde kinder, kunne jeg ikke andet end føle medlidenhed med ham.

"Det er i orden, Gustav," trøstede jeg ham. Hvordan kunne jeg bebrejde ham i at prøve? Det kan være svært at tro – selv på det, der er lige for øjnene af en. "Hvad ønsker du dig til jul?". Med blanke øjne rystede han opgivende med hovedet.

"Jeg ønsker mig en hund".

Jeg var i et dilemma. Jeg vidste ikke, om Julemanden gav kæledyr. Jeg havde aldrig hørt om det før.

Jeg ville ønske, jeg kunne spørge Claes om, hvad jeg skulle sige. Jeg ville ikke risikere at skuffe ham, hvis det var kendt, at Julemanden ikke gav kæledyr.

"En hund er et stort ønske og et stort ansvar," fortalte jeg ham. Hans mundvige hang.

"Det siger mor også, men jeg skal nok passe godt på ham," lovede han mig indtrængende. "Jeg skal nok gå tur med den hver dag og give den mad og lege med den. Og den må også gerne sove i min seng. Jeg ønsker mig bare sådan en ven. Der er nemlig ikke nogen andre, som vil lege med mig".

Jeg fik en klump i halsen. Pludselig forstod jeg, hvad Claes mente, da han sagde, at børnene havde en masse ting at fortælle. Og hvor vigtigt det var at have en at fortælle disse ting til.

Jeg vidste, at jeg ikke ville love noget, jeg ikke kunne holde. Jeg er jo ikke Julemanden. Men jeg kunne prøve at hjælpe – når jeg kom hjem, ville jeg selv skrive et brev til Julemanden i forsøget på at få hans ønske opfyldt.

"Jeg skal gøre mit bedste," lovede jeg ham. Lige meget, om han hev i mit skæg eller ej, så var Gustav sådan en dreng, jeg vidste, Julemanden ikke ville glemme.

"Tak Julemand!" udbrød han, ansigtet helt forandret. Det lyste af håb. Han vendte sig for at gå.

"Gustav ..." fløj det pludselig ud af munden på mig. Jeg vidste ikke, hvad det var, jeg ville sige. Han så bekymret på mig. Ordene endte med at komme så let af sig selv. "Jeg vil bare fortælle dig, at du ikke er alene. Jeg vil altid være din ven".

Hans skuldre så tusindfold lettere ud, da han gik.

"Stop!" lo jeg med tårer i øjnene og rystede på hovedet af Kalle, som var helt knækket sammen på midten. "Jeg kan ikke mere!". Kalle hev hvæsende efter vejret og prøvede at stoppe med at grine, men så fik vi øjenkontakt, og han begyndte forfra igen. Det smittede så frygteligt, at jeg grinte med igen. Av, mine mavemuskler og kinder!

Jeg havde været spændt hele dagen på at komme hjem og fortælle Kalle om min dag. Jeg vidste, han ville elske det, og han skuffede bestemt ikke. Få minutter inde i min fortælling kunne han ikke længere få fremtvunget et ord af bare latter, og det satte min egen lattermaskine i gang. Hver gang jeg troede, at der var ved at falde ro på igen, så hylede Kalle i latter, "og så hev han i skægget! HAHAHAHAHA!" hvilket betød, at vi havde været godt kørende de sidste ti minutter.

Ham med Skægget

Jeg gispede efter vejret imellem grinene. Kalles skuldre bevægede sig stadig op og ned i latter, men hans grin var næsten forsvundet på grund af luftmangel. Der kom kun masser af luft ud og ind, ingen lyd. Han så på mig med sine skinnende øjne og rystede på hovedet. Jeg var nødt til at se væk, da han bed sig i læben for at stoppe sig selv. Han så frygtelig sjov ud!

Jeg var helt ør af lykke.

Han tørrede øjnene og trak vejret dybt et par gange, stadig halvt grinende.

"Min kone, Julemanden, hvem skulle have gættet det?". Han kyssede mig på munden og sang drillende, *jeg så Julemanden kysse far*. Jeg grinte.

"Adr!" lød det pludselig fra Mille, som stod i køkkendøren med rynket næse. "I er simpelthen bare for pinlige!"

Kalle løftede det ene øjenbryn og smilte skævt til mig. Nu var det min tur til at bide mig selv i læben. Stakkels Mille at have så pinlige forældre.

"Skal vi snart spise eller hvad?" fortsatte hun. Kalle gav et sæt, og skyndte sig over til sin risengrød, som vi havde glemt alt om. Vi holdt alle vejret, til han lettet annoncerede.

"Ingen skade sket. Grøden er klar. Du må gerne dække bord".

Mille overtog tallerkener og skeer fra mig. Kalle satte den varme gryde på spisebordet og begyndte at øse den hvide grød op på vores tallerkener. Jeg fandt smør og nisseøl i køleskabet og smilte af Mille, der sad med skålen med kanelsukker helt oppe ved næsen og sniffede til duften af den søde blanding. Hun slikkede sig på fingeren og dyppede den i skålen, så spidsen af hendes finger blev brun og sød.

Kalle tskede, og tog skålen fra hende.

"Så du". Hun fniste og kom fingeren i munden. Nu kunne jeg genkende min juleelskende Mille igen. Hun tog æsken med tændstikker, der lå på bordet, strøg en og satte ild til vægen på kalenderlyset, som stod midt på bordet. Der faldt en helt særlig ro over os, da flammen lyste rummet op i et varmt skær. Min puls faldt, da jeg kiggede på flammen, der let legede frem og tilbage. Jeg sukkede. Kunne denne dag blive mere perfekt?

"Du sidder og smiler, mor," kommenterede Mille med munden fuld og skeen hurtigt videre ned i grøden igen, som hun gravede i for at få både smeltet smør og kanel med. Jeg aede hende på håret.

"Det har været en rigtig god dag". Og det blev en endnu bedre dag, da hun tippede hovedet imod min hånd.

"Hvorfor det?".

"Mor har afløst Julemanden i dag!" udbrød Kalle med stor begejstring og gav mig et blink med det ene øje.

Alarm! Alarm!

"Ha ha!". Jeg slog ham på armen. Hårdt.

"Av, hvorfor gjord...".

"Fjollet far, hvad?! Jeg har lavet mine hjæpepligter, som jeg altid plejer at gøre!". Kalle tog sig til armen og så uforstående på mig. Jeg signalerede med øjnene, at han skulle holde kaje. Han så stadig forvirret ud. Hvor dum kan man være?

Mille gravede med skeen frem og tilbage i sin grød helt stille. Mit hjerte bankede tusind kilometer i timen.

"Hvad far mente var ... jo, at ... ham Julemanden var så glad for mit arbejde, og han ... sådan ...".

"Det er fint, mor. Jeg ved godt, at det ikke er Julemanden".

"Selvfølgelig er han Julemanden!" udbrød jeg automatisk. Mille skulede til mig.

"Jeg er ikke dum. Jeg ved ikke, hvorfor du bliver ved med at lyve. Det får mig ikke til at tro mere på det".

Jeg var klar til at benægte hendes ord, men noget fik mig til at tie. *Det får mig ikke til at tro mere på det*, sagde hun. Det kunne der være noget om. Løgne har aldrig gavnet nogen. Måske var hun stor nok til at få sandheden af vide. Trods alt så virker det andet her til at have den modsatte effekt.

"Okay," gav jeg mig. "Okay. Ham nede i storcenteret er ikke Julemanden".

"Det er jo det, jeg hele tiden har sagt". Hun begyndte at spise igen.

"Men Julemanden findes! Det er bare, fordi han har så travlt, at han ikke kan være alle steder på en gang. Vi hjælper ham bare". Jeg aede hende på håret, helt lettet. Nej, mere end lettet. Nu, hvor hun kendte sandheden, kunne hun endelig tro på Julemanden igen.

Hun slog skeen hidsigt imod bordet. Jeg gav et hop.

"Hvorfor bliver du ved?! Jeg er ikke noget barn mere!". Stolen skrammede hen over gulvet, da hun skubbede sig væk fra bordet og løb ovenpå.

Jeg var halvvejs oppe af stolen, da Kalle lagde en hånd på min skulder. Han gav den et klem.

"Lad mig gøre det".

Min mave slog knuder, og flammen, der før havde bragt ro, stressede og gjorde nar af mig, da den smeltede lyset millimeter for millimeter, som tiden gik. Jeg pustede flammen ud og vaskede min tallerken op. Da den var ren, tog jeg gryden og skrubbede og gned for at få det brændte grød løs, men selv det tog ikke lang tid. Komfuret fik en pudsetur, så det skinnede, som det ikke havde gjort, siden det var helt nyt. Potteplanten i køkkenvinduet fik vand, og da jeg hældte noget vand ved siden af, tørrede jeg det af. Og når jeg nu var i gang alligevel, tørrede jeg også af for støv på alle synlige flader.

Jeg åbnede køleskabet og stirrede fornærmet på alle hylderne. ARGH! Jeg smækkede døren i igen for at undgå, at jeg gik grassat i at tømme hylderne for mad med overskreden sidste holdbarhedsdato.

Hvor bliver de af?!

Det er ikke, fordi jeg tvivler på Kalles evner som far, men nogen gange er der bare ting, som kun en mor kan klare. Det var i hvert fald den undskyldning, der fik mig til at gå ovenpå. Men jeg nåede ikke langt. Jeg stoppede midt på trappen, da jeg hørte mit navn blive nævnt.

"Mor gør det ikke for at være ond". Fra mit skjul i mørket på trappen kunne jeg se dem begge siddende på Milles seng. Mille med armene over kors, og Kalle som usikkert rykkede frem og tilbage med Luffe, hendes yndlingsbamse. Han prikkede til hende med den, som vi så tit har gjort igennem årene, når hun har været ked af det. Men i stedet for at få hende til at smile, skubbede hun den væk.

"Du må ikke være vred på hende, Mille. Mor tror bare på ham, og vi må lade hende gøre det".

"Så er du lige så tosset, som hun er! Du tror da ikke på, at han virkelig findes, gør du?". Han tav længe af uforklarlige grunde, og af lige så uforklarlige grunde holdt jeg vejret.

"Ikke på samme måde som mor gør, nej". Jeg bakkede tilbage i mørket og ned ad trappen.

Fem minutter senere kom Kalle ned igen. Smilende, men med trætte øjne og uanende om, at jeg havde siddet og sydet som en lille dampkoger. Han fik et hint af atmosfæren, da jeg ikke smilte tilbage, men han tog det ikke så tungt og prøvede at lette stemningen med små søde og charmerende kommentarer, som "sikke dejligt det er at have et rent køkken", men det eneste der lettede, var låget på dampkogeren.

"Er det dig, der har fyldt hendes hoved med alt det vås?!". Jeg kunne ikke lide hans trætte suk.

"Hvad for noget vås?".

"Om at Julemanden ikke findes?!".

"Fald ned, Stella," prøvede han at berolige mig.

"Hvis jeg skal falde ned, så kan du rende og hoppe, kan du!". Den bemærkning lød meget bedre i mit hoved end i virkeligheden.

"Hør, jeg ved godt, at det her gør ondt på dig, men det her fører ikke noget godt med sig. Jeg er nødt til at sætte foden ned nu. Vi er nødt til at tænke på Mille". Jeg så rødt. HVOR VOVER HAN?!

"Siger du virkelig til mig, at jeg er en dårlig mor?!". Han rystede hurtigt på hovedet.

"Du er en god mor. Det er slet ikke det".

"Jeg tænker ikke på andet end Mille!". Min stemme knækkede ud i et hulk. Tårerne kom lige bagefter, og langsomt, men sikkert, kunne jeg mærke snottet løbe ned over mine læber. Han satte sig på knæ foran mig.

"Det ved jeg. Stella, jeg mente det ikke sådan. Men ... åhh, Stella, jeg elsker dig virkelig, det gør jeg. Det med Julemanden – jeg har altid syntes, det var kært, men nu, hvor det skaber splid og skader Mille ... det er nødt til at stoppe. Jeg ved godt, at han betyder meget for dig, men det har taget overhånd. Han findes ikke, okay?".

"Det ved du ikke noget om!" fløj det ud af mig efterfulgt af en stærk lyst til at minde ham om, at han møder ham hvert eneste år, når han kommer på besøg – men en lille stemme, der lød rigtig meget som Milles stemme faktisk, rungede i mit hoved.

Hun havde sagt, at det var vores nabo Preben. Hvorfor er den tanke fuldstændig uhørt for mig, når jeg ved og har accepteret, at Claes klæder sig ud som Julemand nede i centeret?

"Jeg ved, han findes," gentog jeg svagt. En dum nagende følelse blokerede i min hals, så ordene ikke kom ud som meget mere end en hvisken. Kalle rystede lidt med hovedet, men ikke i foragt. Han havde ondt af mig. Jeg spændte mine knoer.

"Han findes! Og jeg kan bevise det!".

Mille fnøs i køkkendøren med sportstasken svunget over den ene skulder og hockeystaven ved sin side. Jeg havde glemt, hun skulle spille kamp.

Jeg skyndte mig at tørre mine øjne og smilte til hende.

"Skal jeg køre dig til hockey?". Jeg havde allerede rejst mig og fundet bilnøglerne, da hun svarede.

"Jeg vil hellere have, at far gør det".

Kalle kiggede usikkert imellem os. Såret rakte jeg ham nøglen, som han forsigtigt tog imod. Jeg undgik hans kys på kinden og væbnede mig imod hans sårede ansigt. Jeg så bittert efter dem, da de gik ud ad døren og kørte væk i bilen.

Jeg skulle nok bevise, at han findes.

Og jeg vidste lige hvordan.

Jeg greb min jakke, og satte kursen hjem til mor.

"Det var vel nok en dejlig overraskelse, at du lige kommer og besøger mig, min pige," smilte mor, da hun kom tilbage fra køkkenet med en fuld kaffekande. Hun slukkede lyset på vej tilbage og satte sig i sin yndlingsstol. Hun hældte kaffe op i vores kopper, imens jeg febrilsk rodede i kasserne med de mange familiebilleder, som er blevet taget igennem årene. Mor tog en håndfuld op fra den bunke, jeg havde været igennem.

"Åh, se her! Kan du huske den jul? Du havde skoldkopper, og du ...". Jeg afbrød hende hurtigt. Hun har en mani med at tale i timevis om den samme ting, hvis man ikke hjælper hende videre.

"Mor, det er ikke, fordi jeg ikke gerne vil sidde og hyggesnakke, men jeg leder efter et helt bestemt billede".

"Åh! Jeg troede bare, vi hyggede. Hvis du fortæller mig, hvordan det ser ud, kan jeg måske hjælpe".

"Kan du huske det billede med mig og Julemanden?". Mor blev helt tavs. "Jeg havde det stående ved min seng. Kan du huske det?". Mor blinkede med øjnene tre gange hurtigt.

"Joh. Men hvorfor er det vigtigt? Vil du ikke hellere have et med onkel Harry?". Hun tog hurtigt et nyt billede fra bunken. "Se, kan du huske det? Det var, da vi var på ...".

"Nej!" afbrød jeg hende hurtigt, før hun forsvandt helt væk i minderne. "Det *skal* være det billede, mor. Mille er så gal på mig, og Kalle, han ..." Min stemme knækkede. Mor satte straks kaffekoppen fra sig, og tog min hånd i sin for trøst. "Han har såret mig – så jeg SKAL bruge det billede for at gøre det godt igen". Hun pressede sine læber sammen.

"Men det er bare et billede".

"Det er ikke bare et billede!" fortalte jeg hende. "Det er mit eneste bevis på, at Julemanden findes!". Hun blink, blink, blink, blink, blinkede. Hun sprang pludselig op af sofaen.

"Ej, se nu der! Jeg har helt glemt småkagerne. Vi skal da have småkager til vores kaffe". Jeg greb hurtigt fat i hendes arm, før hun var væk.

"Det *er* Julemanden, ikke? Ham på billedet?". Hendes øjne så væk. "Mor, vær sød. Hvem er det, der er på billedet? Du har altid sagt, at det var Julemanden, men Mille siger, og Kalle siger, at han ikke findes. Jeg forstår det ikke. Det er, som om jeg har en masse spørgsmål, som jeg ikke forstår". Tiden stod næsten stille, før hun endelig reagerede. Hun lagde den ene hånd blidt på min kind og strøg en tåre væk, jeg ikke vidste, havde sneget sig ud.

"Det var for dit eget bedste, min skat". Hendes øjne glinsede.

"Hvad var?". Mit hjerte slog som en torpedo, da hun gik hen til kommoden og fandt en gammel skotøjsæske frem gemt allernederst under duge, servietter og stearinlys.

Det suste i mine ører, da hun rakte den til mig. Hun havde svært ved at løsrive øjnene fra æsken, da jeg med tør hals løftede låget. Forvirret begyndte jeg at tage æskens indhold ud. Børnetegninger i overflod. Streger som sikkert gav mening for børne-mig, men som jeg nu aldrig ville kunne gætte, hvad skulle ligne. Mor, far og Stella havde en voksen påskrevet over, hvad jeg ville gætte til at være, vores hoveder. Nede i hjørnet stod der fire år. Jeg kan ikke huske ret meget, fra da jeg var fire – kun at det var det år, vi mistede min far. Men når jeg siger, at jeg kan huske det, så er det mest, fordi min mor er ulykkelig, når vi nærmer os datoerne på hans fødselsdag og hans dødsdag. Jeg indså forsinket, at der måske var en grund til, at denne æske var pakket væk. Jeg ville ikke gøre min mor ondt.

Hun viftede snøftende med hånden til, at jeg skulle fortsætte.

Den næste ting, jeg tog op, var en brun bamse, som bar tydelige tegn af at være slidt og elsket. Jeg genkendte den hurtigt og smilte overrasket. Det var Oko! Eller for at være helt rigtig, så var hans navn faktisk Choko, men det kunne jeg ikke finde ud af at sige. Det blev altid til Oko.

Oko havde været så meget en del af min barndom, at jeg ikke helt forstod, hvordan han var endt i denne æske.

Op langs kanten på æsken var der en lille bunke billeder. For hvert billede, jeg bladrede, sank mit hjerte mere og mere. De var alle sammen med far. Nogle fra før han blev syg, ham og jeg på fisketur, og et feriebillede på en campingplads, hvor han og jeg spiller bold foran vores udslåede telt. Det var svært at se på de få, som var taget af ham, da han lå på hospitalet. Han så syg og undervægtig ud med de udhulede kinder, og øjne der var mørke og trætte. De glinsede ikke mere. Der stak slanger ud mange steder fra hans krop, koblet til flere maskiner ved siden af hans seng. Hvorfor skulle jeg se på det her?

Jeg havde lyst til at pakke æsken sammen igen. Hvad havde det her med Julemanden at gøre?

"Kan du huske, at det var far, der købte Oko til dig?" spurgte mor, og som jeg så tit gjorde med Luffe ved Mille, når hun var trist, duppede hun Oko mod min arm. Men jeg var ikke et barn. Det var ikke sødt. Og slet ikke når jeg var så forvirret. Jeg skubbede Oko væk.

"Gjorde han?". Mor tav kort, før hun indså, at det ikke ville hjælpe, hvis hun prøvede at bruge Oko for at gøre det her nemmere for mig. Hun trak armene usikkert sammen om sig selv og krammede Oko i samme bevægelse.

"En dag vi besøgte ham, havde han forinden været i hospitalets kiosk, helt alene. Det var stort, at han havde forladt sengen, han havde jo været sengeliggende i det sidste lange stykke tid ...". Hun lod den hænge der. Men vi vidste jo begge godt, hvordan det endte.

"Men han blev ikke rask," afsluttede jeg for hende. Med våde øjne og sammenpressede læber rystede hun med hovedet. Et bittersødt minde for os begge. Oko skulle slet ikke ligge i den her æske.

"Billedet er her ikke". Jeg samlede alt tilbage i æsken, men hun stoppede mig.

"Jeg ved, det er der. Du er nødt til at grave videre".

Da jeg ikke begyndte med det samme, hjalp hun mig. Hun

trak en bunke af røde stykker pap frem. Julepynt klippet af små børnehænder, som ikke helt har mestret det at klippe. Hun holdt en hånd op. Håndfladen var helt dækket af glitter. Vi smilte til hinanden. Det røde pap havde måske ingen form, men glitter havde det til gengæld masser af. Børne-mig havde lige så god smag dengang med hensyn til glitter.

"Jeg burde hænge det her på juletræet," sagde mor. "Lige ved siden af det Mille har lavet til mig". Hun rejste sig og gjorde netop dette. Da jeg så i æsken igen, blev mine øjne store. Under julepynten lå billedet, jeg havde ledt efter. Med hjertet i halsen sugede jeg alt, hvad jeg så på billedet, til mig. Jeg omfavnede den storsmilende Julemand med kinder så røde, så røde. Jeg selv med et næsten manisk smil, fordi jeg tydeligvis var så glad. I baggrunden var det store lysende juletræ. Billedet var, ligesom jeg huskede.

Men så alligevel ikke, for denne Julemand havde ikke det hvide skæg eller julemandstøjet på. Han var en helt almindelig mand midt i 50´erne med gråsprængt skæg. Og det røde tøj, jeg huskede, var i virkeligheden en rød blomstermønstret Hawaii-skjorte.

Hvad sker der her?

"Hvem er han?". Jeg så op på mor. Hendes mund prøvede at forme ordene, men der kom ingen lyd ud. På næsten ingen tid var min forestilling om Julemanden brudt. Løgne. Hun var en løgner. Det var alt sammen en løgn.

Til stor frustration gravede min mor videre i æsken i stedet for at *prøve* på at svare. Hun hev en orange T-shirt i børnestørrelse frem og rystede den let for at folde den ud. Overskydende julepyntsglimmer svævede rundt i luften. Hun viste den frem for mig, som om den ville forklare det hele. Irriteret læste jeg, hvad der stod på T-shirten. Hjemmet for

Ham med Skægget

Fredløse Børns motionsløb 1982. Det sagde mig absolut ingenting. Min mors ansigt faldt, da hun indså dette.

"Har du tænkt dig at forklare, eller skal vi vente helt til juleaften?" bed jeg og proppede alle de forræderiske ting tilbage i æsken. Der, hvor de skulle være blevet.

"Jeg ... jeg ved ikke, hvor jeg skal begynde," peb hun.

"Hvad med, AT DU ER EN LØGNER! Hvorfor i alverden ville du dog bilde mig ind, at manden på billedet skulle være Julemanden?!".

"Det gjorde jeg heller ikke. Det var noget, du selv fandt på". Jeg rullede mine øjne meget lig den måde, Mille havde gjort igennem hele december måned.

"Men du har heller ikke ligefrem sagt det modsatte. Var det rigtigt sjovt? Sidde der og nyde, at man narrer sit barn?". Fy for satan, siger jeg bare.

"Hvad skulle jeg ellers gøre? Skulle jeg virkelig tage det lille håb fra dig om, at Julemanden eksisterede? Han var meget vigtig for dig. Han gav dig så meget".

"Jeg troede sgu da kun på ham, fordi du sagde, han fandtes! Og helt ærligt, fordi han var "vigtig" for mig? Det er den dårligste undskyldning, jeg nogensinde har hørt. Han kan umuligt have givet mig så meget, at du ikke kan tage ansvar for aldrig at have fortalt mig sandheden!".

"Det er ikke så simpelt, Stella". *Prøv*, skulede jeg til hende. "Jeg ved ikke, om du kan huske, dengang far døde".

Jeg giver op. Nu trækker hun gudhjælpemig min døde far ind i billedet. Han har ikke noget med det at gøre. Han er død!

"Efter far døde, gik vi begge to fuldstændig ned. Jeg var ...". Hun tog en dyb og tung indånding. "Jeg var helt ødelagt og kunne næsten ikke fungere. Efter nogle hårde måneder, og jeg er ikke stolt af det, men jeg kunne ikke tage ordentlig vare på dig.

Jeg så ikke andre muligheder end at sætte dig i pleje". Hun pegede på T-shirten. Det var ikke en historie, jeg havde forventet at høre.

"På *børnehjemmet*?" spurgte jeg oprørt. Hendes øjne blev til små sprækker af sorg. "I hvor lang tid?".

"Omkring otte måneder". *Otte måneder*?! Er det ikke mærkeligt, at jeg ingenting kan huske? Det er trods alt en god portion af mit femte år, jeg har været væk fra min mor. Burde det ikke stå indprentet i min hjerne som et frygteligt minde, der vil hjemsøge mig for tid og evighed?

"Jeg besøgte dig så ofte, jeg kunne. Det er mig, der har taget billedet der ...". Hun pegede på billedet i mine hænder. "Det var til en julefest på børnehjemmet. Det var din sidste dag der".

"Så ved du, hvem han er?". Hun nikkede stille.

"Han var pædagog på hjemmet. Ivan hed han vist". Ivan? Ikke Julemand eller Sankt Nikolaj. Men Ivan. En ganske almindelig midaldrende mand, der rigtigt godt kunne lide at gå i røde Hawaii-skjorter. Jeg følte mig så træt.

"Det var ikke før, vi kom hjem, og du begyndte at tale om Julemanden, at jeg forstod, det var Ivan, du fortalte om. Du var *så glad*," understregede hun med en ivrig nikken, som, det virkede til, var meget vigtigt for hende, at jeg forstod. Jeg nikkede ikke med. "Du ville have billedet af jer to stående fremme, fordi det var Julemanden, og Julemanden havde været din ven, og du ville ikke glemme ham. Når du fortalte om manden på billedet, lyste dine øjne på en måde, de ikke havde gjort i meget langt tid. Og for hver dag der gik, hvor du talte om ham, drømte om ham og håbede, at han kom på besøg, voksede dine smil og begge vores skuldre blev tusind gange lettere. Han gav dig noget, jeg ikke kunne". Jeg fik en klump i halsen.

"Men kunne du ikke have fortalt mig det, da jeg blev ældre?".

”Du vil altid være min lille pige. Jeg kunne aldrig finde på at tage dine smil fra dig.” Begge vores øjne vandede til. ”Jeg er ked af, at du skulle opdage det på den her måde, Stella. Jeg ville gerne have gjort det lettere for dig, men jeg vidste ikke hvordan”.

Jeg nikkede. Selvfølgelig forstod jeg, men der var stadig et ønske. Et latterligt lille håb tilbage.

”Så Julemanden eksisterer ikke?”.

Hun tav et øjeblik med tvivl i sine øjne. Hun bed sig i læben, før hun svarede.

”Nej, min skat. Det gør han ikke”.

Der lød et klir fra nøgleskålen i entreen, da Kalle smed nøglen på plads. Milles stemme lød glad, imens hun fortalte ham om sin hockeykamp. Jeg trak vejret dybt et par gange og påklistrede et smil, før de nåede stuedøren. Kalle smilte, da han så mig, og rystede kærligt lidt med hovedet, fordi jeg lå arm i arm med en snorkende Pølse på sofaen. Nok var hun en dame, men hun snorkede som en brølende bjørn.

”Gik din kamp godt?” spurgte jeg Mille venligt, men jeg blev ikke mødt af den samme glade stemning som Kalle. Hun fnøs med en stram mund.

”Ja. Hvorfor skulle det *ikke* være gået godt?”. Hendes stemme lød, som om jeg havde forrådt hende ved at spørge. Kalle bad hende om at være rolig. Hun overhørte ham.

”Hvad så?” fortsatte hun med attitude. ”Fandt du så beviser på, at ham ”Julemanden” eksisterer?”. Jeg rystede med hovedet og kæmpede pludselig desperat imod tårer, som pressede sig frem. Kalle så dette, og spurgte bekymret om det forkerte.

”Er du okay?”.

Jeg tabte kampen og begyndte at stortude, så Pølse vågnede med et sæt, og Mille så chokeret på fra sidelinjen. Kalle lagde armene omkring mig og trøstede mig, som kun han kan.

Men han var forkert på den.

Ingenting ville blive godt igen.

Jeg var ikke stolt af mig selv, da jeg ringede til Puk den næste dag og fortalte, at jeg ikke kom på arbejde. Da hun spurgte, om jeg troede, jeg var blevet smittet af Claes, svarede jeg uden tøven ja. Hun var ked af, at jeg ikke kunne være med på årets sidste vagt og talte godt for sin sag, om jeg nu ikke lige kunne kvinde mig op og komme alligevel. Jeg følte næsten en form for had imod hende, fordi hun lokkede mig med ting, som aldrig nogensinde havde eksisteret, og som ikke betød noget mere. Jeg ønskede hende glædelig jul og prøvede på ikke at lade mig gå på af hendes skuffede stemme. Vi havde delt tjansen som julehjælpere de sidste 14 år og havde vores traditioner sammen. Hun var lige så troende som jeg. Eller som jeg i hvert fald havde været.

I aften efter lukketid ville hun sikkert, som vi plejede, imod alle regler og regulativer snige sig alene op på taget af butikscenteret og ønske Julemanden en sikker rejse og en god jul. Det plejede at være mit yndlingstidspunkt. Gemt i mørket, højt hævet op over byen og næsten i beundring blive slået bagover af alle byens glimtende julelys. Puk og jeg plejede at udpege de bedste steder, hvor han kunne lande med sin kane, og tale med en sådan oprigtig barnlig frihed, at jeg følte mig flov nu. *Gad vide, om Puk virkelig tror på, at han findes?* Eller om hun også bare lod som om, for min skyld?

Ham med Skægget

Der oppe på taget og sammen med hende, havde det været nemt at tro på, at magi og en gavmild langskægget gammel mand fandtes.

I stedet brugte jeg det meste af dagen alene på sofaen med computeren på skødet, og et koncentreret ansigtsudtryk, imens fingrene hurtigt fløj over tastaturet. Mille havde tidligere spurgt mig en masse gode spørgsmål om, hvem denne "Julemand" er, og dem følte jeg et behov for at finde svar på. Internettet virkede som et godt sted at starte.

For hvert svar jeg fik, dukkede der flere og nye spørgsmål op, som jeg i arrigskab tastede ind i søgefeltet som en besat.

For eksempel: Det gav ikke mening at hænge vores juleposer ude ved loftslemmen. Vi havde ingen skorsten, så hvordan skulle han komme ind på loftet? Der var det mere logisk, at han benyttede døren, men næh, nej. Sådan er Julemanden jo ikke.

Jeg fandt hjemmesider, som støttede op om Julemanden, og som kom med teorier til, hvordan Julemanden klarede alle sine pligter. Men de fleste svar endte noget nær med "julemandsmagi", og det var sådan et vandede svar, når man holdt dem op imod de hjemmesider, der angreb hele ideen om Julemanden, for de var i det mindste godt undersøgte og veldokumenterede.

Prøv at tænke dig, der er en eller anden, der på et tidspunkt har sat sig og udtænkt en farlig mesterplan, som har givet grobund for den Julemand, vi kender i dag. Der er nogen, der ligefrem har spekuleret i, at han skulle have sit eget grin. Hvor mærkeligt er det lige?

Og faktisk, når man sådan sad og tænkte over det, syntes jeg ho-ho-ho lød halvækelt og vildt uhyggeligt. Især hvis man ændrer lidt på farten.

Jeg kunne næsten ikke tro mine egne øjne, da jeg fandt ud af, at Julemandens stylist, dem som havde bestemt, at Julemanden skulle have et stort hvidt skæg og rødt tøj, var et sodavandsfirma.

Et firma der lever af alt andet end noget, der har med julen at gøre.

Jeg smækkede computeren i og trampede ud i køkkenet for at bruge tiden på noget, der var langt mere fornuftigt. Jeg begyndte at tømme vaskemaskinen.

Julen og Julemanden er penge.

Det var ikke en sandhed, jeg havde forventet at finde, da jeg begyndte i morges.

I køkkenvinduet så jeg vores bil holde ind under carporten, og kort efter kom Kalle og Mille bærende på store smil og tunge indkøbsposer.

"Så har vi styr på julemaden!" udbrød Kalle begejstret, inden han havde fået en fod inden for døren. Han begyndte at hive marcipan, glaskartofler og kalkun frem fra poserne og lagde det frem på bordet, som om det var kronvildt, der blev lagt frem til skue og beundring. Gad vide, hvor meget han havde brugt på at købe mad til det hersens specielle "jul".

"Hvorfor spiser vi egentlig kalkun juleaften?" spurgte jeg tvært. "Vi har frikadellefars liggende i fryseren, som trænger til at blive spist". Mit spørgsmål fik dem begge to til at stoppe prompte med, hvad de havde gang i. De så forvirrede på hinanden.

"Øh, hvad mener du?" spurgte Kalle usikkert, "vi får altid kalkun juleaften". Jeg trak et par bukser ud fra vaskemaskinen og rystede dem fri for folder.

"Men hvem siger, at vi skal spise kalkun? Julemanden?". Ha! Som om!

Jeg satte bukserne fast på en bøjle og fiskede en trøje ud fra vaskemaskinen, der fik samme tur som bukserne.

"Det er bare mad, Stella" svarede Kalle med rynket pande. "Hvorfor er det nu pludselig et problem? Du kan da godt lide kalkun og brune kartofler".

"Det er slet ikke det, der er problemet!".

"Jamen, så forstår jeg det slet ikke? Prøver du på at sige, at du hellere vil have flæskesteg?" spurgte han og rakte i samme sekund hånden ud efter bilnøglen, der lå på køkkenbordet, så han hurtigt kunne komme afsted til supermarkedet, hvor han uden tvivl ville kæmpe som en vildmand om den sidste flæskesteg mod andre, som heller ikke ville have kalkun juleaften. Alt sammen bare for at vores juleaften ikke skulle blive ødelagt.

Men det var jo fuldstændig ligegyldigt, fordi det ville han jo stadig kalde julemad. Kalkun, and, flæskesteg – det er hip som hap.

"Jeg kan bare ikke se pointen i, at vi skal betale en masse penge for noget, som slet ikke betyder noget som helst," fortalte jeg og nåede at se Kalle og Mille dele et blik, før jeg vendte ryggen til dem for at arbejde videre med mit vasketøj. Jeg kunne mærke deres øjne på min ryg.

Jeg forstår ikke, hvorfor de ikke forstår det. Julen er en farce! Hvad nytte gør det at fejre juleaften, hvis ikke det handler om, at Julemanden kommer?

Imens jeg tænkte og grumlede over dette, så jeg til min skræk et blåt ærme med snefnug stikke ud imellem det andet våde vasketøj i vasketromlen.

Åh nej.

Åh nej! Åh nej! Åh nej!

Jeg hev i ærmet, til resten af trøjen var løs, og kunne til min skræk se, at det virkelig var min julesweater. Jeg forstår slet ikke, hvordan jeg har kunnet overse den i vasketøjet. Den burde ikke engang ligge i vasketøjet, da den slet ikke må vaskes!

Med et desperat håb trykkede jeg på knappen for at se, om lyset på Rudolfs røde tud stadig virkede, men det gjorde det ikke. Og hvad værre var, så var ulden begyndt at gå op flere steder. Jo mere jeg pillede ved sweateren, jo mere smuldrede den imellem hænderne på mig. Meget lig den her jul.

Jeg gik tudende fra køkkenet.

Det er den 24. december, og Kalle har hele dagen prøvet på at få både mig og Mille op af sofaen og lave et eller andet julehygge enten ude i køkkenet, dække bord eller hvad andet, han sagde, der skulle gøres, fordi det var juleaften. Mille havde sagt fra med det samme og sat sig i sofaen med sin tablet, der klingede og klirrede engang imellem, når hun vandt i sit spil. Jeg fulgte trop og satte mig med det store fad juleslik foran fjernsynet og brugte noget tid på at lede efter noget, som ikke havde med jul at gøre. Jeg endte med en krimiserie. Der er intet som et mord til at dræbe stemningen. Jeg pakkede karameller ud af deres papir i sådan en fart, at før jeg havde nået at spise et stykke færdig, røg det næste stykke ind. Jeg nød hverken, hvad jeg så i fjernsynet, eller slikket jeg spiste.

Jeg har den her følelse af konstant uro i maven. Hvorfor ved jeg ikke. Rastløshed? Overjulespændt? Jeg troede ikke på, at det var den sidstnævnte.

Det var bare en meget underlig dag.

Hvad plejede jeg helt præcist at lave juleaften?

Det logiske svar var, at jeg plejer at forberede alt til, når Julemanden kommer på besøg. Men siden Julemanden ikke kommer, så gav det sig selv, at det skulle jeg ikke.

Fra min plads på sofaen kunne jeg se Kalle rende frem og tilbage ude i køkkenet. Han så rigtig sød i sit forklæde og tilhørende nissehue. Som en mesterkok var han alle steder på én gang og rørte i gryderne samtidig med, at han snittede rødkålen. Muntert fløjtede han *Bjældeklang*.

Et kort øjeblik overvejede jeg at slutte mig til ham, men så forsvandt lysten igen, og mine øjne vandrede tilbage til tv-skærmen. Jeg begyndte at fylde mig med slik igen.

Ti minutter senere stoppede Kalle pludselig sin hakken og gøren i køkkenet. Det fik min opmærksomhed, fordi han gik hen til vinduet og tog sig undrende til hagen. Han begyndte at tale til sig selv.

"Hvem er det, der lusker rundt udenfor?". Fordi vi har haft problemer med indbrud i byen den sidste måneds tid, var det der, mine tanker gik hen først. Kalle strakte hals ud ad vinduet efter noget, som tilsyneladende gik om i vores baghave. Fra min plads i sofaen strakte *jeg* nu hals for at se efter, hvad det var, der havde Kalles opmærksomhed. De er nogle godt dumme tyveknægte, hvis de forsøger sig, imens vi er hjemme.

Netop som Kalle kom ind i stuen, så jeg en rød hue dreje rundt om hushjørnet og stikke op over den høje rododendron.

Mit hjerte røg straks med 180 kilometer i timen op i halsen.

Han er her! Han er her virkelig!

Jeg så begejstret hen på Mille, netop som hun himmelvendte sine øjne. Hun vendte opmærksomheden tilbage til sit spil, og jeg huskede mig selv. Hjertet i halsen blev til en sløv og besværlig klump.

Kalle gik hen og åbnede havedøren med en gøende Pølse lige i hælene.

"Glædelig jul, Julemand! Mille, læg den tablet væk".

"Ho-ho-ho, min kære Kalle".

Mine ører spændte sig an. Kendte jeg den stemme?

"Glædelig jul til dig også, min ven. Og glædelig jul til alle i stuen".

Ikke helt sikker endnu, ønskede jeg Julemanden glædelig jul.

"Er der nogle artige børn, som gerne vil have julegaver?". Kalle rakte en hånd lynhurtigt op. Julemanden ho-ho-hoed, imens Kalle i løbet af nul komma fem rev papiret af sin gave og jublede, da han så, hvad den indeholdt.

"Sådan! Nye grydelapper! Lige hvad jeg ønskede mig. Tak Julemand!".

Julemanden fandt en ny gave frem fra den medbragte sæk. Pølse blev overglad, da gaven var til hende. Det var et ben, hun kunne hygge sig med.

Så sækken ikke ret ny og ubrugt ud?

Men det var måske nødvendigt at skifte sækken ofte, når man tænkte på, hvor mange gaver han uddelte.

"Og her har jeg en til Mille. Værsgo, min ven". Hun viste ikke samme gejst som Kalle og Pølse. Hun takkede, men satte sig hen i sofaen igen for at spille tablet. Gaven blev liggende på stuebordet.

Julemanden smilte venligt til mig, da det blev min tur. Mine hænder rystede nervøst.

"Og en gave til min yndlings," klukkede han. Hans støvler knirkede under ham, da han gik hen til mig for at give mig den store gave. Gavepapiret var fyldt med julemænd, og den havde hvidt bånd på. Jeg blev helt tør i halsen.

"Jeg ved, du har været en sød pige i år, så du får her en

speciel ting. Værsgo, min pige". Jeg tog imod gaven helt tabt for ord. Tættere på kunne jeg endelig se hans øjne. De var venlige og smilende, men det eneste, jeg kunne fokusere på, var hans støvler. Gummistøvler magen til dem, som Preben altid har på, når han skal ud og fiske.

Jeg forstod ikke, hvordan Mille kunne regne det ud, men hun havde hele tiden haft ret.

Jeg havde svært ved at finde de rigtige ord.

Jeg rømmede mig hæst, mit greb løst om gaven.

"Det er rigtigt pænt af dig, Preben". Preben lo ho-ho-ho.

"Jeg hedder ikke Preben. Jeg er da Julemanden!". Jeg prøvede at efterligne hans smil af hans legefulde vittighed, men jeg kunne ikke holde grimassen. Inde bag skægget rynkede Preben sin pande bekymret.

"Jeg er virkelig ked af det. Undskyld". Jeg forlod stuen i tårer.

Jeg havde aldrig forestillet mig, at jeg ville lave en Maude-fra-Matador juleaften, men jeg gik i seng.

"Er du okay, Stella?" spurgte Kalle forsigtigt, da han satte sig på sengekanten. Han strøg en tot hår væk, som skjulte mit tårevædede ansigt. Han sukkede trist. "Åh, skat ...". Jeg snøftede og tørrede en hånd under min løbende næse.

"Er han gået?". Han nikkede.

"Jeg skulle hilse. Han var meget bekymret for dig".

"Hvorfor inviterede du ham?".

"Jeg troede, det ville gøre dig og Mille glade".

"Han må have leet af mig". Ligesom alle andre. Kalle var der hurtigt med trøst.

"Tværtimod. Jeg tror, han elsker at være Julemand".

Jeg fnøs forarget.

"Hvorfor?". Han trak på skulderen.

"Hvorfor ikke? Han gør folk glade. Er det ikke nok?".

"Jeg føler mig ikke særlig glad".

"Nej". Han tøvede længe. "Vil du ikke med ned til Mille?".

"Jeg vil bare ligge her lidt". Der gik noget tid før hans svar kom.

"Okay". Han kyssede mig på kinden, og gik nedenunder igen.

I stilheden kom jeg til at tænke på den dag, jeg var Julemand nede i storcenteret. Jeg kunne ikke ligesom Preben sige, at det var noget, jeg havde elsket at gøre. Jeg havde været skrækslagen ved tanken om at blive afsløret. Og nu tænkte jeg på de børn, som havde betroet sig til mig, og mærkede en dybere form for skræk, der gik helt ned i maven og satte sig fast, som var den en igle, der sugede og nød alt blod og anden næring.

Havde jeg ikke lovet de to tvillingedrenge en racerbil?

Og hvad med Emma, pigen der fortalte mig, at hun håbede, Julemanden ville komme med en nissekjole til hende.

Da jeg tænkte på drengen, der ønskede sig en hund, fordi han ikke havde nogle venner at lege med, kunne jeg næsten ikke trække vejret.

De ville blive så skuffede i aften, når deres drømme ikke gik i opfyldelse.

Og det var alt sammen min skyld.

Jeg løftede hovedet fra puden, da det bankede på dørkarmen. I døren stod mor og Mille, som trippede nervøst ved siden af. Mor smilte forsigtigt.

"Jeg hører, Julemanden har været her". Hvis hun regnede med at få samme glædelige respons, som jeg har givet hende alle andre år, så ville hun blive slemt skuffet.

Hun fik et brum tilbage.

Mille eksploderede pludselig ud i ivrig nikken.

"Ja, og han var rigtig rar!" fortalte hun med en alt for ivrig stemme, som slet ikke lignede hende. "Han havde en gave med til mig". Mor åd det råt og lagde opmuntrende en arm omkring hende.

"Havde han det? Hvad fik du så?".

"Nye benbeskyttere til når jeg spiller hockey," smilte Mille stort.

"Det var en god gave," svarede mor. Jeg så godt hendes øjne flakke hurtigt hen mod mig for at sikre sig, at jeg hørte efter. "Ham Julemanden må lige have vidst, at du rigtig godt kan lide at spille hockey".

Mit pis røg i kog.

"Mor, du behøver ikke tale sådan der til hende! Hun ved godt, at det ikke var Julemanden, der gav hende den gave".

"Stella!" skændte mor. Mille så på mig med store, hurtigt blinkende øjne og gik. Hun var sikkert glad for, at jeg gav mor ren besked. Mor så bekymret efter Mille og indtog sin mor-skælder-ud position. En hånd på hver hofte og hævede skuldre.

"Der er ingen grund til at bruge det tonefald, unge dame".

"Hvilket tonefald? Jeg taler i det tonefald, som jeg altid taler i," fortsatte jeg bidende i et tonefald, som var en anelse, bare en anelse, højere og mere skingert end normalt.

Okay. Jeg giver mig.

Jeg vedkender mig, at jeg bruger et tonefald. Men hvem kan bebrejde mig det?!

Ærligt talt, så var det sidste, jeg manglede, at mor begyndte at bilde Mille de samme ting ind, som hun havde gjort med mig.

Vi kan godt klare os uden de problemer, tak!

Kalle dukkede op i døren. Man kunne se på ham, at han

hurtigt fangede atmosfæren i rummet.

"Hvad så?" spurgte han nervøst. "Hvordan går det her?".

"Jeg ved godt, du er skuffet, Stella," fortsatte mor. "Men det er uretfærdigt over for os andre, at du skal være sur".

"Uretfærdigt?!" skældte jeg tilbage, og på få sekunder lå jeg ikke længere vandret i sengen, men stod faretruende som en bredskuldret gorilla for enden af sengen. "Det er jer, der har løjet for mig hele mit liv, og så må jeg ikke engang reagere på det?! Jeg troede, at man skulle være søde imod hinanden i julen!".

De hang begge skamfuldt med hovedet.

"Det var ment i bedste mening," undskyldte Kalle.

"Jeg ville ikke gøre dig ondt," fortsatte mor.

Og med de få ord gik al kampen ud af mig.

Udmattet og mat kunne jeg mærke hver eneste fiber af mig falde til jorden igen med et bump.

Mor havde ret. Jeg var ikke særlig sød.

Jeg vidste selvfølgelig godt, at de havde gjort det i en god mening.

En misforstået god mening, som desværre var skyld i, at jeg havde mistet al min juleglæde.

Spørgsmålet om hvad der skulle til for, at jeg ville få glæden tilbage, lå og summede i rummet. Jeg havde ingen ide.

Måske var jeg nu bare en af de personer, som ikke kunne lide julen.

Og måske var det også ok.

Jeg følte mig helt hul indeni.

Mor lagde sine arme omkring mig og knugede mig hårdt og længe. Det var nærmest en lettelse, for jeg følte, at der lå en tung følelse på mine skuldre, som jeg ikke kunne bære alene. Hvordan kunne man savne noget, som ikke var?

"Undskyld, Stellapige," trøstede hun, imens hun vuggede mig

stille frem og tilbage. "Hvis jeg vidste, at det ville ende sådan her, så ville jeg have fortalt dig det for længe siden".

Det bankede på døren bag os. Jeg måbede, da jeg så Mille klædt ud i den alt for store julemandsdragt, der hang fold på fold som et tungt gardin over hende. Hun rettede på puden, som udgjorde den store mave, op under bæltet igen, inden den faldt ud.

"Ho-ho-ho, er der nogen søde børn her?" hilste hun.

"Hvad laver du, Mille?" spurgte jeg forvirret.

"Ikke Mille! Jeg er Julemanden," svarede hun meget lig Preben havde gjort. Men det betød ikke, at det var et bedre svar. Jeg kiggede på mor og Kalle for at se, om de fik mere ud af situationen, end jeg gjorde. De smilte begge stolt. Det blev jeg ikke meget klogere af.

I hænderne havde Mille gaven, som Julemanden Preben havde haft med. Hun rakte mig den.

"Ho-ho-ho. Glædelig Jul! Jeg ved, du har været ekstra sød i år, så du får en ekstra stor gave".

Jeg vendte og drejede forvirret gaven i mine hænder. Mille signalerede spændt med øjnene, at jeg skulle åbne den. Jeg løsnede båndet og pakkede papiret op. Det var en ny julesweater med Julemanden. Hun viste mig, at hvis jeg trykkede på Julemandens hånd, så ville små dioder begynde at blinke på trøjen, så det lignede lysende stjerner.

"Jeg forstår ikke, hvad der foregår. Hvorfor er du klædt ud som Julemanden, Mille?". Hendes ansigt faldt.

"Det er min skyld, du er ked af det," snøftede hun. Mit løvindemor-beskytter-gen slog til. Hvad end af følelser jeg havde før, forsvandt de som dug, da jeg hørte, min datter var ked af noget, som ikke skulle være hendes bekymring.

"Nej, det er det ikke," fastslog jeg kraftigt. "Det er ikke nogens skyld," beroligede jeg hende. Hun så ikke overbevist ud.

"Men det er det. Hvis ikke jeg havde stoppet med at tro på Julemanden, så ville du aldrig have fundet ud af det, og så …". Fuld af skam afbrød jeg hende hurtigt.

"Jeg ville have fundet ud af det før eller siden, Mille. Det er ikke din skyld. Eller fars eller mormors".

"Er du sur på mig?" spurgte hun med glinsende øjne. Jeg krammede hende.

"Selvfølgelig ikke. Jeg er ikke sur på dig eller nogen andre".

"Men hvorfor er du så ked af det?". Jeg sukkede trist.

"Fordi jeg ikke ved, hvorfor vi har Julemanden, eller hvorfor vi overhovedet fejrer jul mere". Før troede jeg, at Julemanden var den her lyttende og forstående fyr, som kom med juleglæden og hjalp dem, som spurgte. Men i min søgen efter svar på nettet, var der meget, der tydede på, at Julemanden var kommerciel og et reklamestunt. Og det var ikke, fordi jeg følte, der var noget i vejen med at købe og give gaver, trods alt, det var en af de ting, som jeg også elskede ved julen – men jeg følte bare, at Julemanden fortjente mere end at blive brugt til at tjene penge.

"Men hvis du kendte svaret, ville du så blive glad igen?" spurgte Mille med et lys i øjnene, som jeg genkendte og helt fik en klump i halsen over. Det var det lys, hun havde manglet i december måned.

Varm om hjertet aede jeg hende på kinden. Min søde, lille pige.

"Måske, men det kan man jo ikke få svar på, så det er lige meget". Og selvom jeg stadig havde en lille tom følelse indeni, så var det ikke en, jeg ville give lov til at splitte mig og min familie.

Mor rømmede sig pludseligt.

"For mig er Julemanden et frirum," fortalte hun og nikkede for sig selv og derefter til os andre. "Han gav dig og mig mulighed for at komme væk fra alt det sørgelige og begynde en ny hverdag sammen. Håb og frirum," gentog hun.

Hun så over på Kalle, som hurtigt fangede bolden.

"For mig er han glæde. Der er så meget spænding og eventyr omkring ham. Det er ikke jul, før han på mystisk vis har lagt noget i vores juleposer, afsat fodspor uden for vores hus og spist af risengrøden, vi har sat frem til ham. Han spreder glæde og forventning".

Jeg smilte taknemmeligt til dem.

Mille så fortvivlet frem og tilbage imellem os.

"Jeg ved ikke, hvem Julemanden er". Jeg gav hende et knus og fortalte hende, at det var helt okay. Hun snøftede.

"Men jeg er ked af, at jeg har været så dum hele december, fordi det betød, at jeg ikke kom til at lave juleting sammen med dig". Jeg krammede hende hårdt og blev helt rørt, da hun krammede tilbage.

"Så måske er Julemanden dig og mor sammen?" foreslog Kalle. Mille kiggede tænksom op på ham.

"Måske," nikkede hun og så på mig. "Jeg er ked af det, mor. Det har bare været en meget mærkelig december". Jeg forstod, hvad hun mente, for jeg havde selv tænkt nøjagtigt det samme tidligere. Det var også der, jeg pludselig kunne se mig selv i Mille. Jeg var ikke ene om at have haft det svært, for Mille havde været igennem det samme. Vi havde delt de samme smerter, men hvor jeg havde haft støtte fra mor og Kalle, havde hun måtte trækkes med en mor, som hårdnakket ikke ville indse, at hun tog fejl. Jeg skammede mig.

Alligevel havde Mille trukket i Julemandens tøj bare for at muntre mig op.

Jeg forstod pludselig, hvorfor mor og Kalle havde smilet stolt af hende.

Jeg så på hele min familie og indså noget, som var magisk og gav mig juleglæden tilbage.

Måske var Julemanden ikke rigtig. Og måske var han også en løgn. Men Julemanden var stadig noget helt særligt.

Hver gang jeg har behøvet ham mest, er han dukket op. Dengang jeg var barn i form af Ivan. Og nu i dag i form af Mille.

Noget Claes havde sagt, dengang jeg skulle udgive mig for Julemanden, kom tilbage til mig. Han havde sagt, at jeg ikke skulle bekymre mig, fordi børnene gør resten. *Resten* havde virket så upræcist, og faretruende let at gøre noget forkert, men jeg forstod pludselig, hvad han mente, for mor og Kalle havde selv lige givet mig svaret. For nogen er Julemanden det ene, og for nogen noget andet. Han hjælper dem, som tror, fordi de lader ham gøre det.

For mig er Julemanden kærlighed. Det forstår jeg nu, når jeg ser på min familie, som har løjet for mig, fordi de ønskede mig det bedste og ikke ville gøre mig ondt.

Fordi de elsker mig.

Ligesom jeg elsker dem.

Og så længe der er kærlighed til, så ved jeg, at Julemanden altid vil komme på besøg.

SLUT

Nyhedsbrev

Savner du Stella?
Så bliver du sikkert glad for at høre, at alle,
der skriver sig op til mit nyhedsbrev,
får den eksklusive GRATIS novelle,
"Da Kalle mødte Stella".

Tilmeld dig mit nyhedsbrev på min hjemmeside
eller hold dig opdateret om de spændende ting,
der sker i Vesterby, via mine sociale medier

hjemmeside: www.PernilleMeldgaardPedersen.blogspot.com

facebook: Pernille Meldgaard Pedersen - Forfatter

twitter: Pernille56

instagram: PernilleMeldgaardPedersen

En tak skal lyde ...

Der er mange, jeg kan takke, for at denne historie kom på tryk.

Først og fremmest min mor, som altid er der med trøst og opmuntring, når jeg har brug for det. Det er takket være hende, at jeg fandt modet til at udgive historien.

Tusind tak til Julemanden, som finder tid til at komme og besøge min familie hvert år. Vi ser frem til, at du kommer på besøg igen i år.

Til alle de bloggere, som var entusiastiske, da jeg kontaktede dem, og som har anmeldt min bog. Tusind tak for alt jeres støtte.

Tak til Tine fra Bech´s Books og Louise fra The Secret Life of a Book Collector for at lade mig gæsteblogge på jeres fine blogge.

Tak til Paige Toon for at give mig Johnny, for at læse min historie og for at elske den.

Og endelig, skal der lyde en tak til dig, som har læst min historie. Hvis du kunne lide den, håber jeg, at du vil skrive en anmeldelse, hvor end du har købt den. Det er et af mine ønsker til jul ;-)

Om forfatteren

Pernille er født i 1988, og elsker at hun er født i det årti med det
højeste hår, det mest farvestrålende tøj, og de bedste ørehængere.

Hendes fantasi står aldrig stille, og det kommer ofte til udtryk i ord
og billeder.

Hendes første skrevne historie, skrev hun, da hun var 6 år, og
handlede om den kattekilling hun aldrig fik, men ønskede sig mere
end noget andet.

Elsker efterår, julen og tror på nisser.

Til daglig er hun ridderlærling, animator, hemmelig agent og har
reddet verden et par gange efterhånden.
Hun er også professionel dagsdrømmer.

Hun mener at opskriften på en god bog er den samme som for et
godt liv - sammenhold, humor, kærlighed, og den der lille ting der
giver dig hverdagsglæde.

Vesterby er en fiktiv by, men baseret på hendes opvækst i det
skønne område omkring Herning.